NÓREEGR
TYRIFJORD
KÄTTEGLAND
VILLAGE TROLLS
SVEA
SKAGERRAK
KÄTTEGAT
DANMARK
MER BALTIQUE
FRANCIE ORIENTALE

Sirènes & Vikings

Sirènes & Vikings

La Sorcière des mers du Sud

SCÉNARIO : **GIHEF**
SUR UNE IDÉE ORIGINALE DE **MARIE BARDIAUX-VAÏENTE**
DESSIN : **LIVIA PASTORE**
COULEUR : **BRUNO PRADELLE**
COLLECTION CONÇUE ET ANIMÉE PAR **GIHEF**

LES HUMANOÏDES ASSOCIÉS

DANS LE MÊME UNIVERS

LE FLÉAU DES ABYSSES • Françoise Ruscak et Phil Briones
ÉCUME DE NACRE • Gihef et Marco Dominici
LA VAGUE INVISIBLE • Nicolas Mitric, Francesco Trifogli et Maria Francesca Perifano (à paraître)

Les personnages des Sirènes ont été créés par Gihef et Marco Dominici.

Sur **humano.com**, retrouvez l'actualité de vos séries, des concours, des lectures gratuites, des making-of et d'autres bonus.

Conception graphique : Jerry Frissen
Illustrations des pages de garde : Marco Dominici

SIRÈNES & VIKINGS
LA SORCIÈRE DES MERS DU SUD

Première édition : 2021 - Les Humanoïdes Associés

Achevé d'imprimer en décembre 2020,
sur les presses de l'imprimerie Indice S.L., en Espagne.
Dépôt légal en janvier 2021
ISBN : 978-2-7316-4644-3

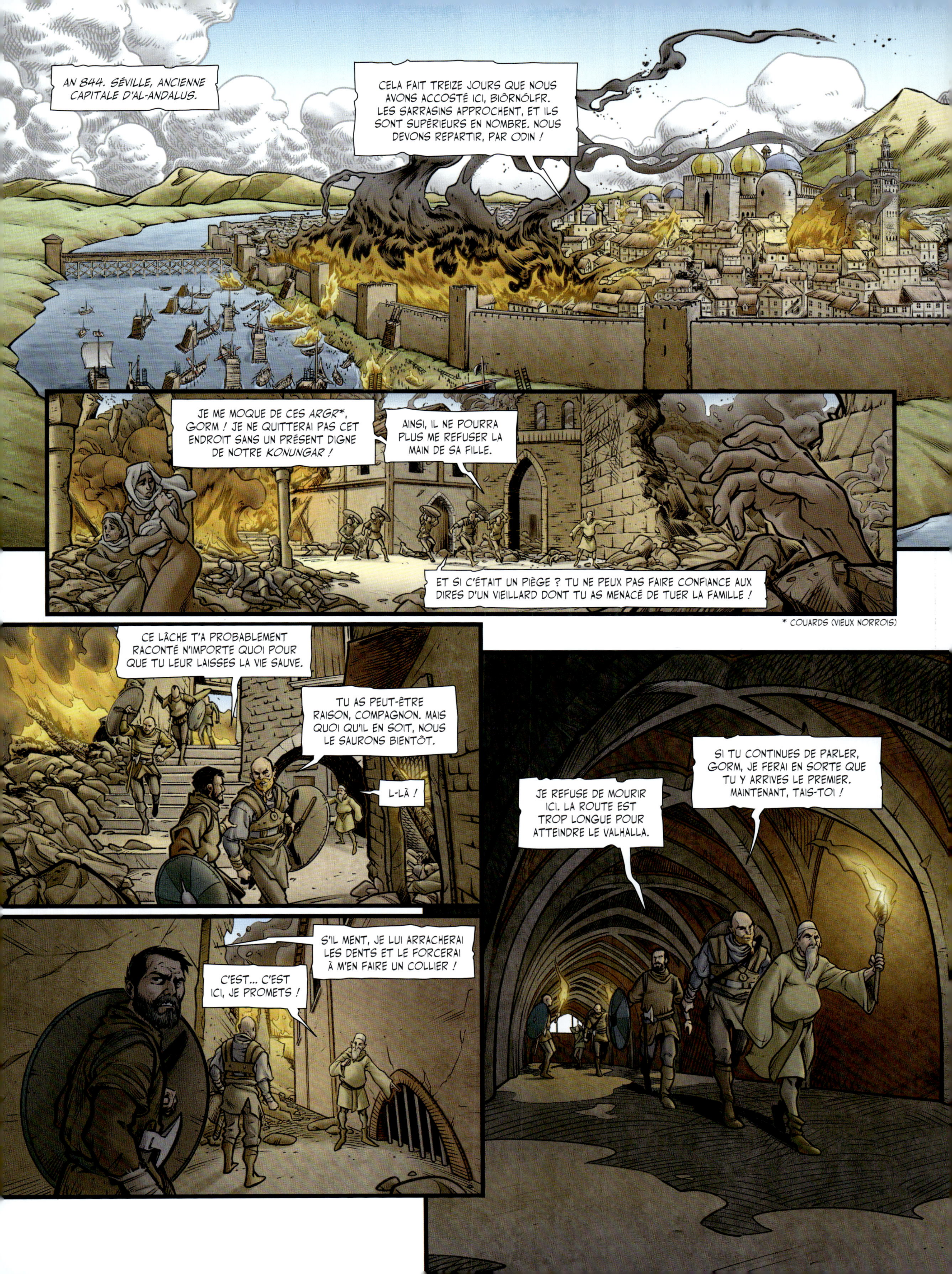
AN 844. SÉVILLE, ANCIENNE CAPITALE D'AL-ANDALUS.
CELA FAIT TREIZE JOURS QUE NOUS AVONS ACCOSTÉ ICI, BIÖRNÓLFR. LES SARRASINS APPROCHENT, ET ILS SONT SUPÉRIEURS EN NOMBRE. NOUS DEVONS REPARTIR, PAR ODIN !
JE ME MOQUE DE CES *ARGR**, GORM ! JE NE QUITTERAI PAS CET ENDROIT SANS UN PRÉSENT DIGNE DE NOTRE *KONUNGAR* !
AINSI, IL NE POURRA PLUS ME REFUSER LA MAIN DE SA FILLE.
ET SI C'ÉTAIT UN PIÈGE ? TU NE PEUX PAS FAIRE CONFIANCE AUX DIRES D'UN VIEILLARD DONT TU AS MENACÉ DE TUER LA FAMILLE !
* COUARDS (VIEUX NORROIS)
CE LÂCHE T'A PROBABLEMENT RACONTÉ N'IMPORTE QUOI POUR QUE TU LEUR LAISSES LA VIE SAUVE.
TU AS PEUT-ÊTRE RAISON, COMPAGNON. MAIS QUOI QU'IL EN SOIT, NOUS LE SAURONS BIENTÔT.
L-LÀ !
S'IL MENT, JE LUI ARRACHERAI LES DENTS ET LE FORCERAI À M'EN FAIRE UN COLLIER !
C'EST... C'EST ICI, JE PROMETS !
JE REFUSE DE MOURIR ICI. LA ROUTE EST TROP LONGUE POUR ATTEINDRE LE VALHALLA.
SI TU CONTINUES DE PARLER, GORM, JE FERAI EN SORTE QUE TU Y ARRIVES LE PREMIER. MAINTENANT, TAIS-TOI !

Q-QUE MJÖLLNIR ME FOUDROIE !
GORM, QUE LES COMPAGNONS EMMÈNENT CETTE CRÉATURE À BORD DE L'*ESCHEI* ! NOUS LÈVERONS L'ANCRE AVANT L'AUBE.
NON, PAS EMMENER ! EZEBELAMIRI ÊTRE DÉMON, PROVOQUER FOLIE CHEZ LES HOMMES !
E-EZEBELAMIRI ? C'EST LE NOM DE CETTE... CHOSE ? JE... JE NE SAIS PAS, BIÖRNÓLFR. MAIS PEUT-ÊTRE DEVRIONS-NOUS ÉCOUTER LE VIEILLARD, ET NE PAS...
SKRRRRING !
B-BIÖRNÓLFR ?
QU'EST-CE QUE... ?!
URK !
J'AI DIT : EMMÈNE CETTE CRÉATURE À BORD DU NAVIRE. *IMMÉDIATEMENT !*

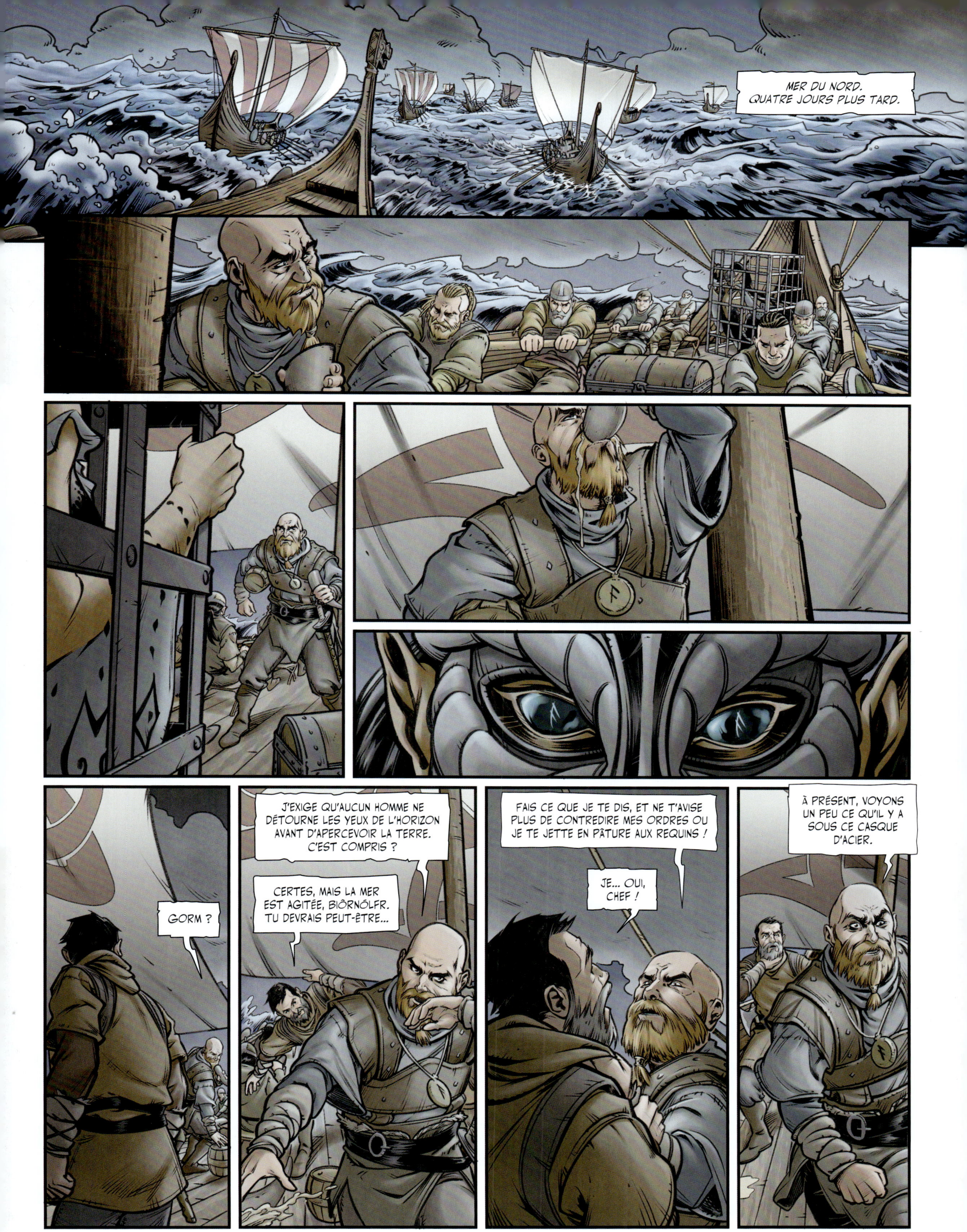
MER DU NORD.
QUATRE JOURS PLUS TARD.
GORM ?
J'EXIGE QU'AUCUN HOMME NE DÉTOURNE LES YEUX DE L'HORIZON AVANT D'APERCEVOIR LA TERRE. C'EST COMPRIS ?
CERTES, MAIS LA MER EST AGITÉE, BIÖRNÓLFR. TU DEVRAIS PEUT-ÊTRE...
FAIS CE QUE JE TE DIS, ET NE T'AVISE PLUS DE CONTREDIRE MES ORDRES OU JE TE JETTE EN PÂTURE AUX REQUINS !
JE... OUI, CHEF !
À PRÉSENT, VOYONS UN PEU CE QU'IL Y A SOUS CE CASQUE D'ACIER.

P-PAR LE SANG DE LOKI !
TA BEAUTÉ RENDRAIT JALOUSE LA DÉESSE FREYJA.
VIENS, REJOINS-MOI, PRINCESSE D'ORIENT.
LAISSE-MOI GOÛTER À TES LÈVRES.
BRAAOOOMMMM

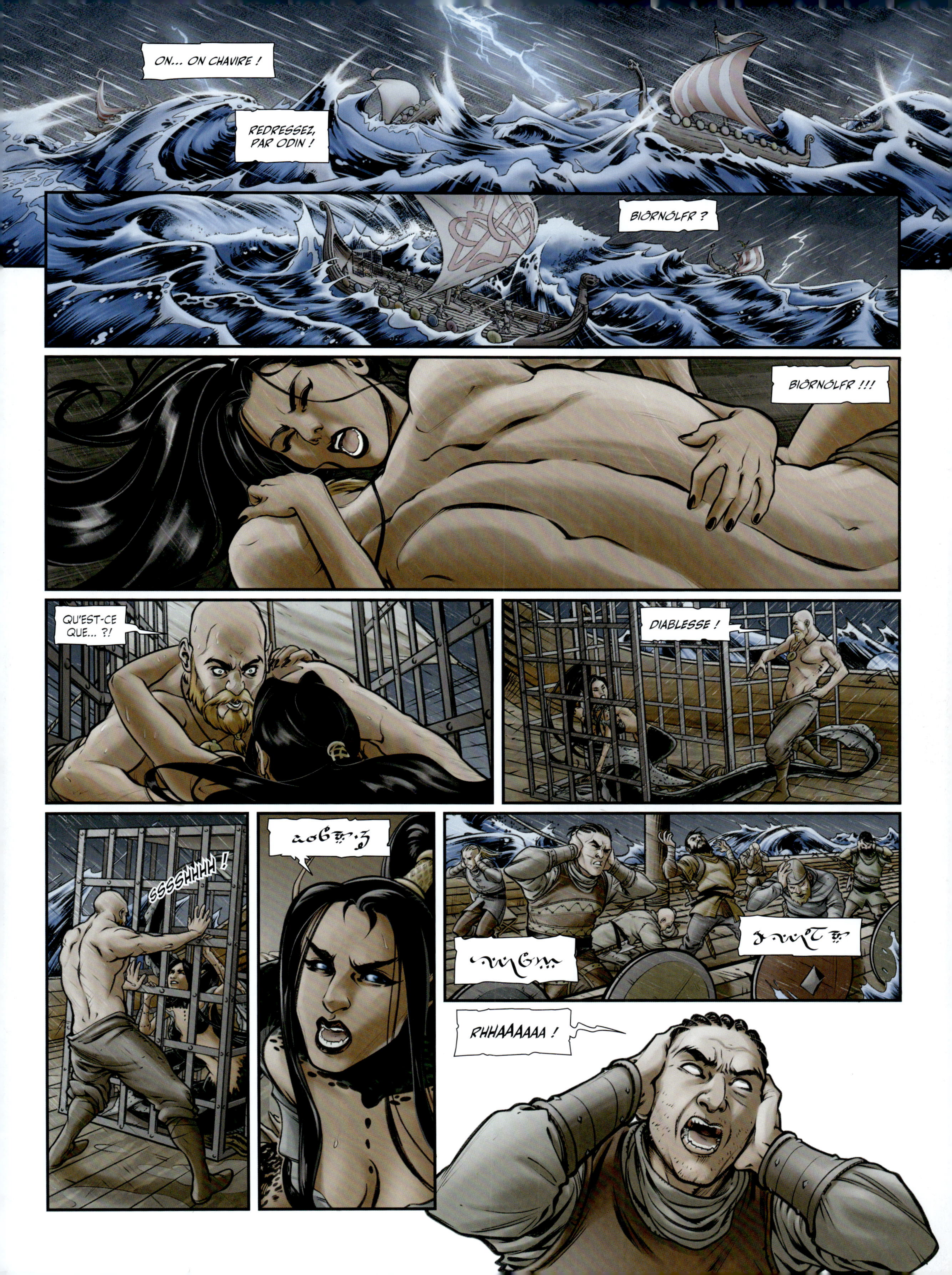
ON... ON CHAVIRE !
REDRESSEZ, PAR ODIN !
BIÖRNÖLFR ?
BIÖRNÖLFR !!!
QU'EST-CE QUE... ?!
DIABLESSE !
SSSSHHHH !
RHHAAAAAA !

CRA-AAK !
MAUDITE CRÉATURE !!!
GNH...
RHAAA !!!

AAAAAAAAH !
QUELQUES JOURS ONT PASSÉ...

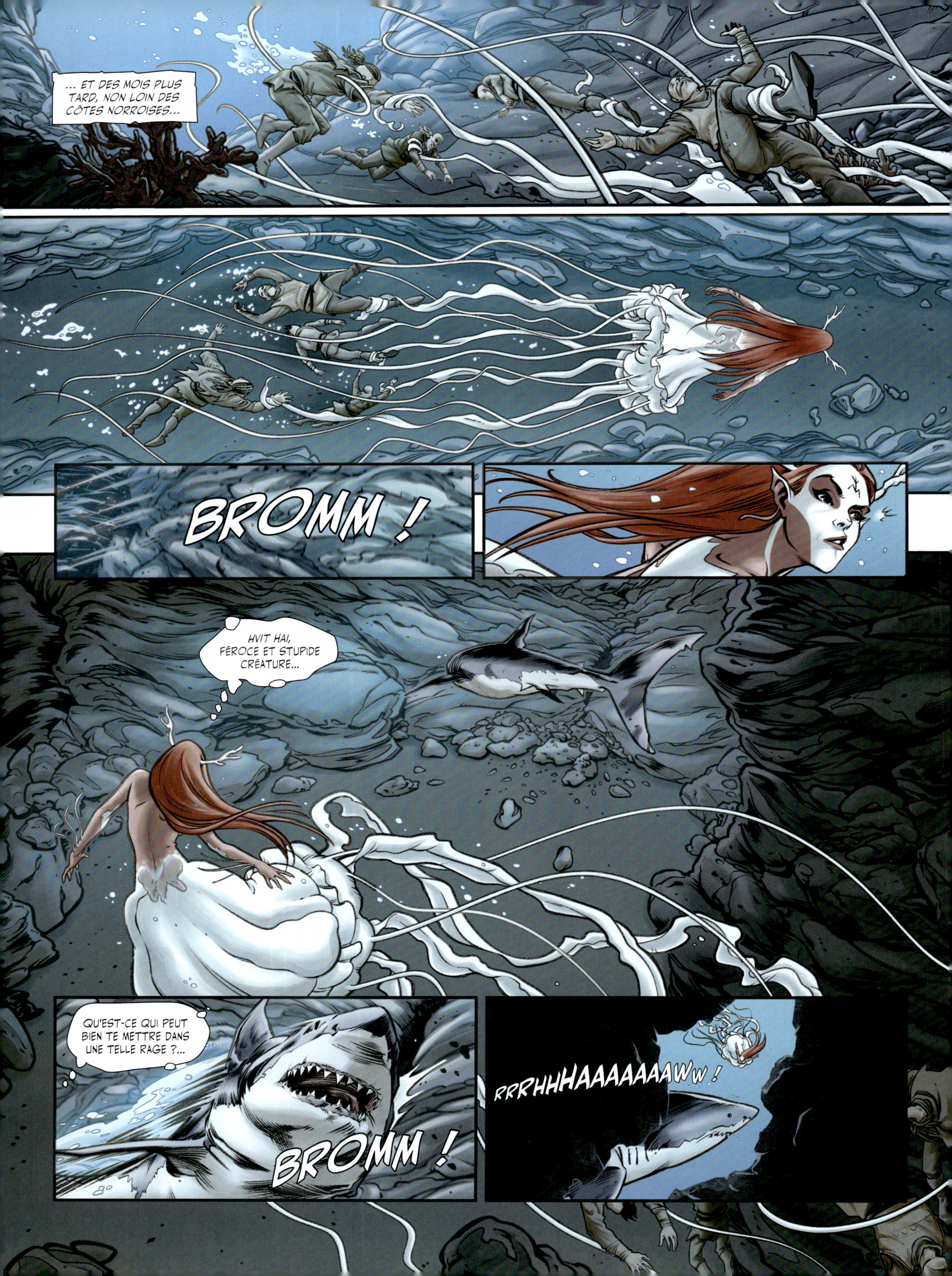

... ET DES MOIS PLUS TARD, NON LOIN DES CÔTES NORROISES...
BROMM !
HVIT HAI, FÉROCE ET STUPIDE CRÉATURE...
QU'EST-CE QUI PEUT BIEN TE METTRE DANS UNE TELLE RAGE ?...
BROMM !
RRRHHHAAAAAAAWW !

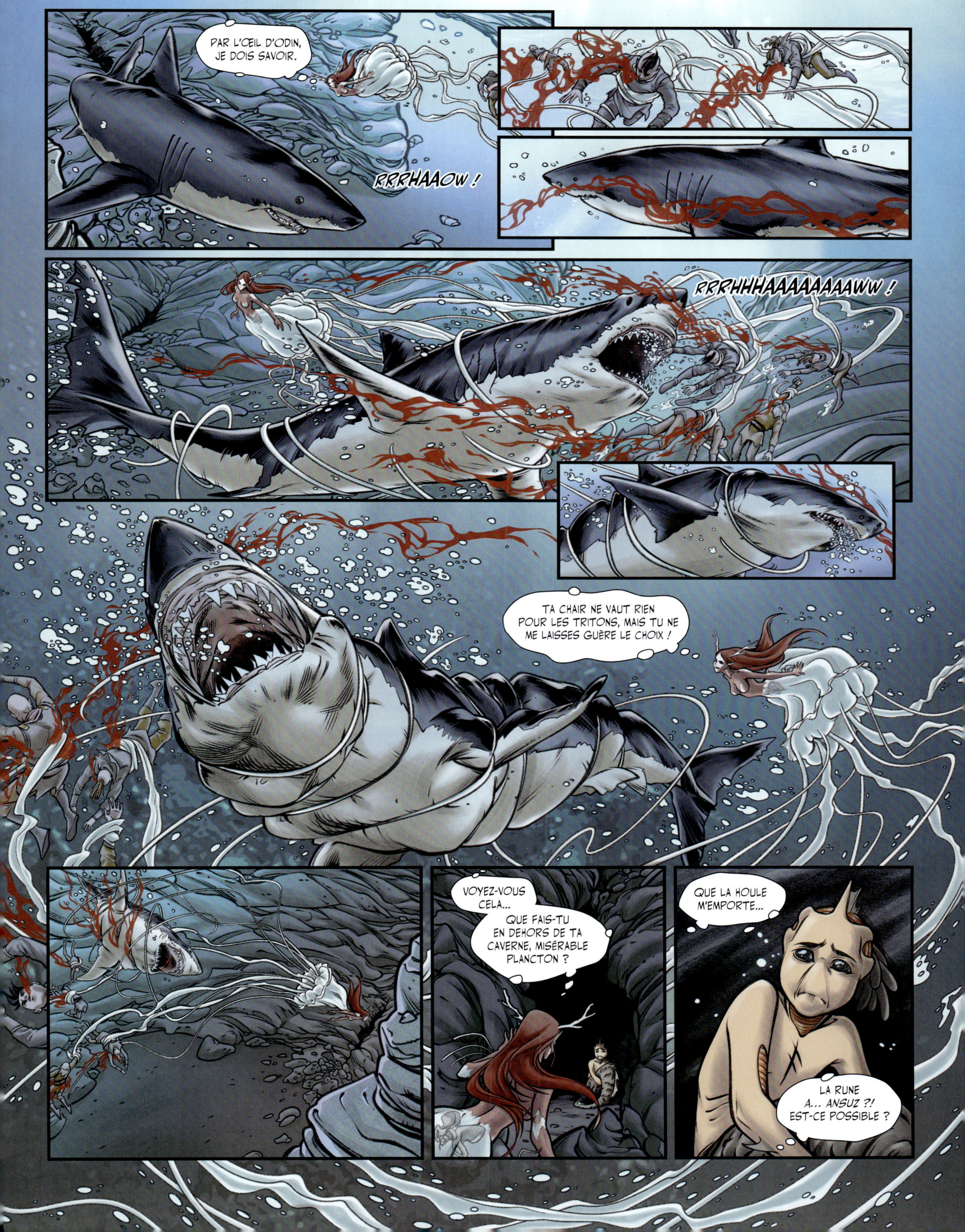
PAR L'ŒIL D'ODIN, JE DOIS SAVOIR.
RRRHAAOW !
RRRHHHAAAAAAAAWW !
TA CHAIR NE VAUT RIEN POUR LES TRITONS, MAIS TU NE ME LAISSES GUÈRE LE CHOIX !
VOYEZ-VOUS CELA...
QUE FAIS-TU EN DEHORS DE TA CAVERNE, MISÉRABLE PLANCTON ?
QUE LA HOULE M'EMPORTE...
LA RUNE A... ANSUZ ?! EST-CE POSSIBLE ?

RASSURE-TOI, JEUNE TRITON. TU N'AS PLUS RIEN À CRAINDRE À PRÉSENT.
CETTE MARQUE A DÛ SUSCITER LA PEUR CHEZ TES SEMBLABLES ET ILS T'ONT REJETÉ, N'EST-CE PAS ?
J'AIMERAIS CONNAÎTRE LA RAISON DE SA PRÉSENCE. AUSSI LOIN QUE JE ME SOUVIENNE, AUCUN TRITON N'A JAMAIS ARBORÉ UN TEL SIGNE.
À MOINS QUE LA RÉPONSE NE SE TROUVE DANS DES TEMPS ANCESTRAUX. SI TEL EST LE CAS, IL ME FAUT INTERROGER LA MÉMOIRE DES DÉFUNTS.
PAR-DELÀ LE BIFRÖST, JUSQU'AUX ENTRAILLES DU NIFLHEL... J'INVOQUE LE SAVOIR DE CEUX QUI ONT FOULÉ CES TERRES ET CES MERS.
ENTENDEZ ET RÉPONDEZ, JE VOUS L'ORDONNE !

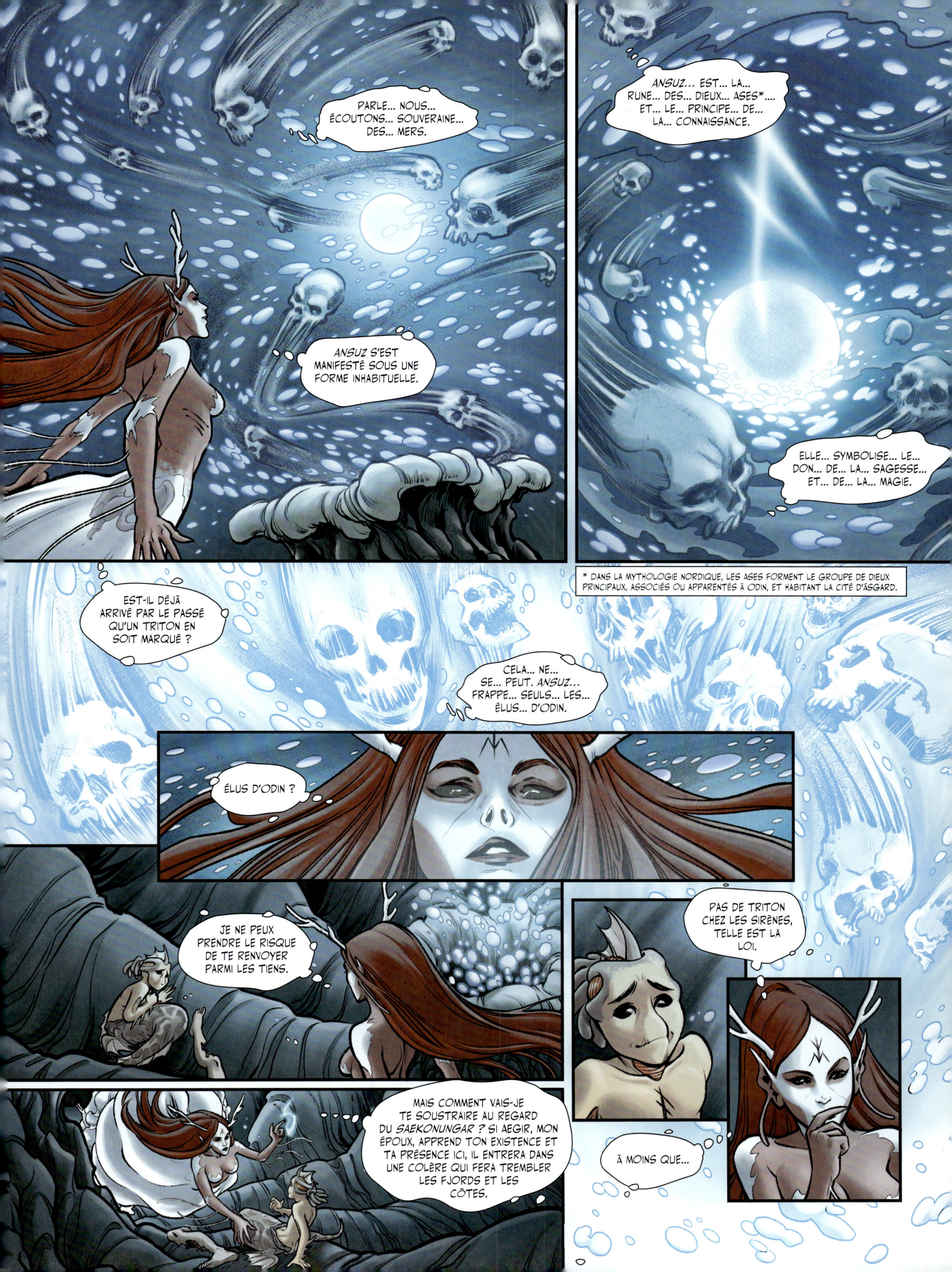
PARLE... NOUS... ÉCOUTONS... SOUVERAINE... DES... MERS.
ANSUZ S'EST MANIFESTÉ SOUS UNE FORME INHABITUELLE.
ANSUZ... EST... LA... RUNE... DES... DIEUX... ASES*... ET... LE... PRINCIPE... DE... LA... CONNAISSANCE.
ELLE... SYMBOLISE... LE... DON... DE... LA... SAGESSE... ET... DE... LA... MAGIE.
* DANS LA MYTHOLOGIE NORDIQUE, LES ASES FORMENT LE GROUPE DE DIEUX PRINCIPAUX, ASSOCIÉS OU APPARENTÉS À ODIN, ET HABITANT LA CITÉ D'ASGARD.
EST-IL DÉJÀ ARRIVÉ PAR LE PASSÉ QU'UN TRITON EN SOIT MARQUÉ ?
CELA... NE... SE... PEUT. *ANSUZ*... FRAPPE... SEULS... LES... ÉLUS... D'ODIN.
ÉLUS D'ODIN ?
JE NE PEUX PRENDRE LE RISQUE DE TE RENVOYER PARMI LES TIENS.
PAS DE TRITON CHEZ LES SIRÈNES, TELLE EST LA LOI.
MAIS COMMENT VAIS-JE TE SOUSTRAIRE AU REGARD DU *SAEKONUNGAR* ? SI AEGIR, MON ÉPOUX, APPREND TON EXISTENCE ET TA PRÉSENCE ICI, IL ENTRERA DANS UNE COLÈRE QUI FERA TREMBLER LES FJORDS ET LES CÔTES.
À MOINS QUE...

TU AS L'AIR BIEN MAL EN POINT, MON AMI...
CHUUUT. LAISSE-TOI FAIRE, ÇA NE PRENDRA PAS LONGTEMPS.
VOILÀ... C'EST BIENTÔT TERMINÉ.
TU AS ÉTÉ BRAVE. MAINTENANT, RETOURNE JOUER AVEC TES AMIS ET TIENS-TOI LOIN DES NORROIS.
♪ JEG VED ET SLOT, DETS VÆG OG TAG... ♫
♫ ER GRØNNE BØLGER LAG PÅ LAG... ♪
QU'EST-CE QUE... ?
HÉ ! NON, TU NE PEUX P...
HI HI HI HI HI HI !
BLODUGHADDA !

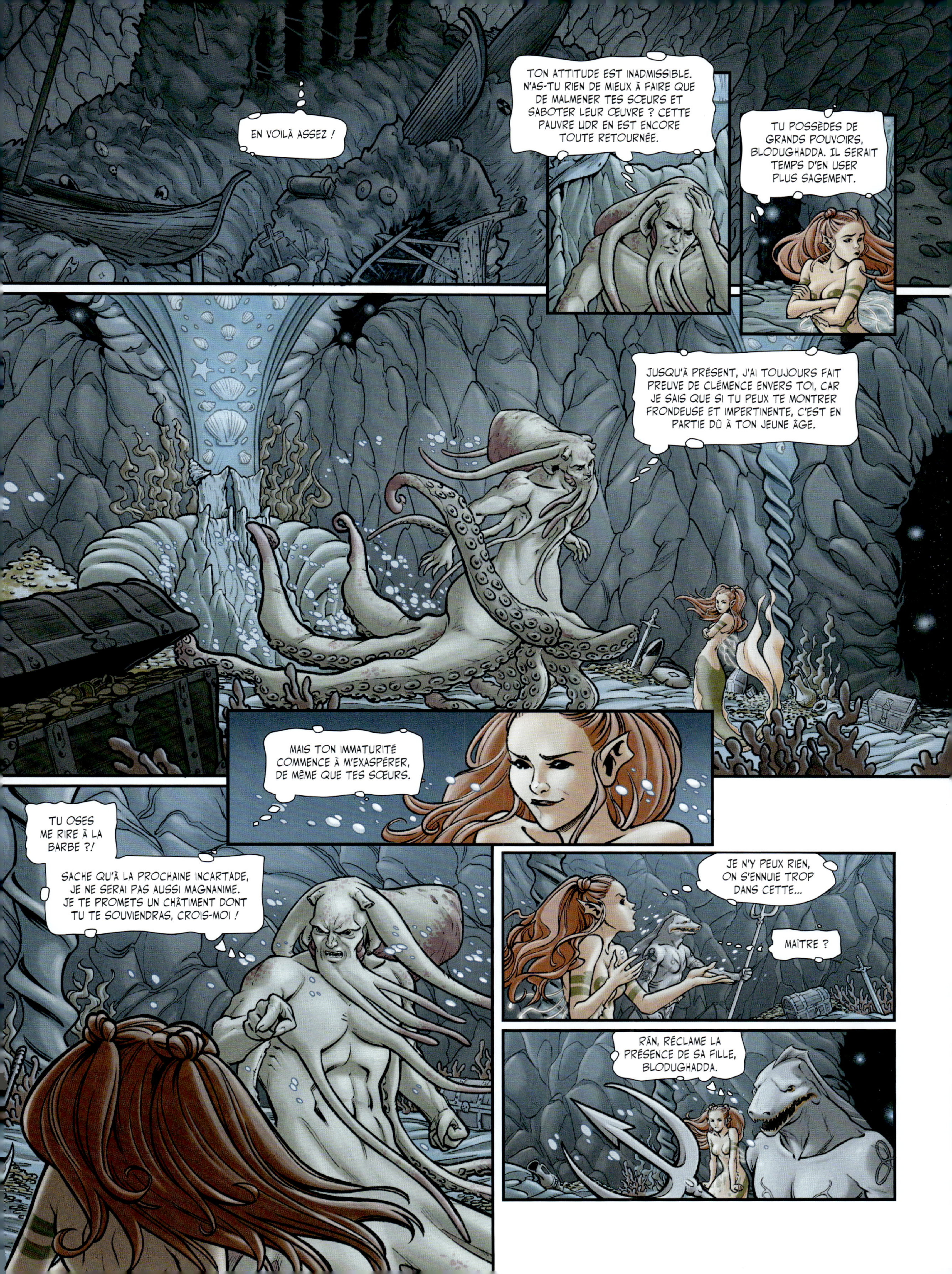

EN VOILÀ ASSEZ !
TON ATTITUDE EST INADMISSIBLE. N'AS-TU RIEN DE MIEUX À FAIRE QUE DE MALMENER TES SŒURS ET SABOTER LEUR ŒUVRE ? CETTE PAUVRE UDR EN EST ENCORE TOUTE RETOURNÉE.
TU POSSÈDES DE GRANDS POUVOIRS, BLODUGHADDA. IL SERAIT TEMPS D'EN USER PLUS SAGEMENT.
JUSQU'À PRÉSENT, J'AI TOUJOURS FAIT PREUVE DE CLÉMENCE ENVERS TOI, CAR JE SAIS QUE SI TU PEUX TE MONTRER FRONDEUSE ET IMPERTINENTE, C'EST EN PARTIE DÛ À TON JEUNE ÂGE.
MAIS TON IMMATURITÉ COMMENCE À M'EXASPÉRER, DE MÊME QUE TES SŒURS.
TU OSES ME RIRE À LA BARBE ?!
SACHE QU'À LA PROCHAINE INCARTADE, JE NE SERAI PAS AUSSI MAGNANIME. JE TE PROMETS UN CHÂTIMENT DONT TU TE SOUVIENDRAS, CROIS-MOI !
JE N'Y PEUX RIEN, ON S'ENNUIE TROP DANS CETTE...
MAÎTRE ?
RÂN, RÉCLAME LA PRÉSENCE DE SA FILLE, BLODUGHADDA.

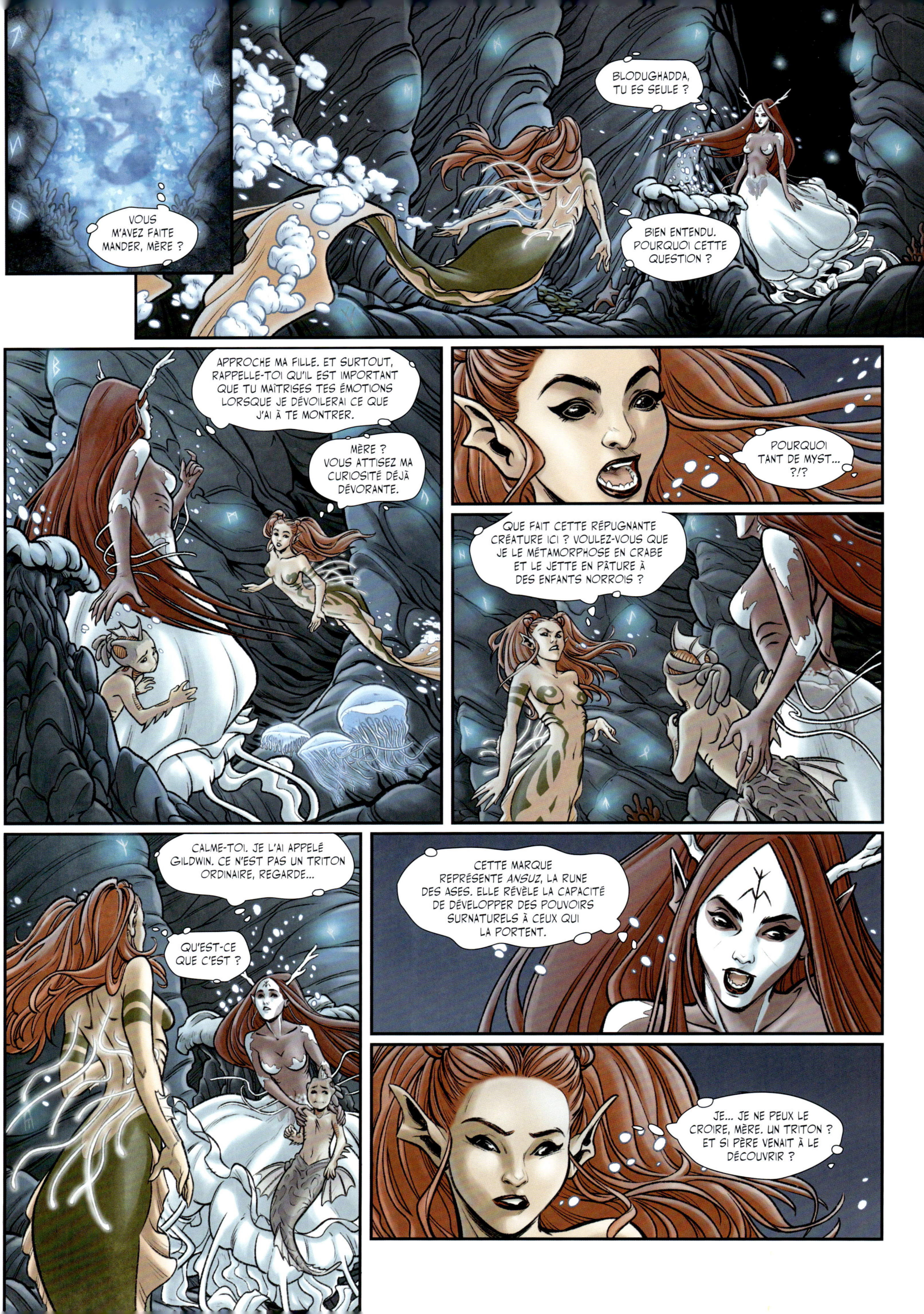
VOUS M'AVEZ FAITE MANDER, MÈRE ?
BLODUGHADDA, TU ES SEULE ?
BIEN ENTENDU. POURQUOI CETTE QUESTION ?
APPROCHE MA FILLE. ET SURTOUT, RAPPELLE-TOI QU'IL EST IMPORTANT QUE TU MAÎTRISES TES ÉMOTIONS LORSQUE JE DÉVOILERAI CE QUE J'AI À TE MONTRER.
MÈRE ? VOUS ATTISEZ MA CURIOSITÉ DÉJÀ DÉVORANTE.
POURQUOI TANT DE MYST... ?!?
QUE FAIT CETTE RÉPUGNANTE CRÉATURE ICI ? VOULEZ-VOUS QUE JE LE MÉTAMORPHOSE EN CRABE ET LE JETTE EN PÂTURE À DES ENFANTS NORROIS ?
CALME-TOI. JE L'AI APPELÉ GILDWIN. CE N'EST PAS UN TRITON ORDINAIRE, REGARDE...
QU'EST-CE QUE C'EST ?
CETTE MARQUE REPRÉSENTE *ANSUZ*, LA RUNE DES ASES. ELLE RÉVÈLE LA CAPACITÉ DE DÉVELOPPER DES POUVOIRS SURNATURELS À CEUX QUI LA PORTENT.
JE... JE NE PEUX LE CROIRE, MÈRE. UN TRITON ? ET SI PÈRE VENAIT À LE DÉCOUVRIR ?

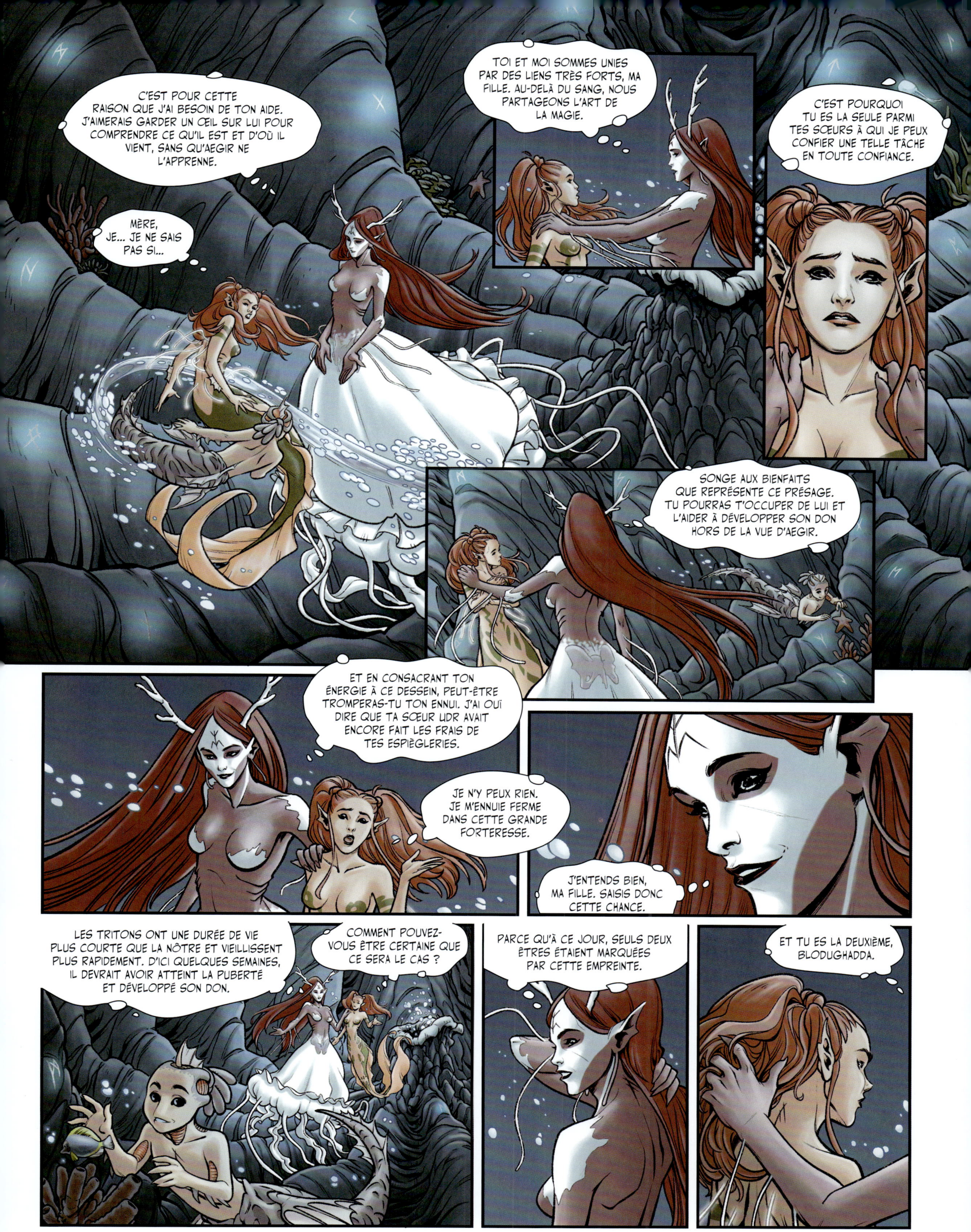
C'EST POUR CETTE RAISON QUE J'AI BESOIN DE TON AIDE. J'AIMERAIS GARDER UN ŒIL SUR LUI POUR COMPRENDRE CE QU'IL EST ET D'OÙ IL VIENT, SANS QU'AEGIR NE L'APPRENNE.
MÈRE, JE... JE NE SAIS PAS SI...
TOI ET MOI SOMMES UNIES PAR DES LIENS TRÈS FORTS, MA FILLE. AU-DELÀ DU SANG, NOUS PARTAGEONS L'ART DE LA MAGIE.
C'EST POURQUOI TU ES LA SEULE PARMI TES SŒURS À QUI JE PEUX CONFIER UNE TELLE TÂCHE EN TOUTE CONFIANCE.
SONGE AUX BIENFAITS QUE REPRÉSENTE CE PRÉSAGE. TU POURRAS T'OCCUPER DE LUI ET L'AIDER À DÉVELOPPER SON DON HORS DE LA VUE D'AEGIR.
ET EN CONSACRANT TON ÉNERGIE À CE DESSEIN, PEUT-ÊTRE TROMPERAS-TU TON ENNUI. J'AI OUÏ DIRE QUE TA SŒUR UDR AVAIT ENCORE FAIT LES FRAIS DE TES ESPIÈGLERIES.
JE N'Y PEUX RIEN. JE M'ENNUIE FERME DANS CETTE GRANDE FORTERESSE.
J'ENTENDS BIEN, MA FILLE. SAISIS DONC CETTE CHANCE.
LES TRITONS ONT UNE DURÉE DE VIE PLUS COURTE QUE LA NÔTRE ET VIEILLISSENT PLUS RAPIDEMENT. D'ICI QUELQUES SEMAINES, IL DEVRAIT AVOIR ATTEINT LA PUBERTÉ ET DÉVELOPPÉ SON DON.
COMMENT POUVEZ-VOUS ÊTRE CERTAINE QUE CE SERA LE CAS ?
PARCE QU'À CE JOUR, SEULS DEUX ÊTRES ÉTAIENT MARQUÉES PAR CETTE EMPREINTE.
ET TU ES LA DEUXIÈME, BLODUGHADDA.

QUELQUES MOIS PLUS TARD.
GEIRULF ! OÙ VAS-TU ?
PRENDRE L'AIR ! TOUT CET HYDROMEL ME DONNE L'IMPRESSION D'AVOIR LA TÊTE ENTRE L'ENCLUME ET LE MARTEAU DE VÖLUNÐR !
HA HA HA HA !
TU ES FOU, REVIENS ! TU VAS GLISSER ET TE ROMPRE LES OS !
LA PAIX, YNGVI !
JE VEUX JUSTE PISSER TRANQUILLEMENT, PAR ODIN !
Jeg ved e slot, dets væg og tag...
AAAAAAH...
er grønne bølger lag på lag...
GH...
ej bygge spurvene derpå...
J'AI SI SOIF QUE JE BOIRAIS TOUTE L'EAU DU TYRIFJORD ! J'Y RETOURNE, IL NOUS REJOINDRA QUAND IL AURA TERMI...
QU'EST-CE QUE... ?

GEIRULF ! QUE SE PASSE-T-IL ?
nej lo skibe per fugle sm...
SORCELLERIE ! SORCELLERIE !
dets søjler er stride strømme...
GH...
S... SORCELLERIE !!!
À... À L'AIDE !
REGARDEZ GEIRULF !
hvor hvaler
LÀ-BAS !
og delfiner svømme...
E-ET YNGVI !
ILS... ILS VOLENT COMME DES MOUETTES !
her er en urtegård
så skøn...
Q-QUE LES DIEUX NOUS VIENNENT EN AIDE !

...den vokser altid sommergrøn...
det vilde kvaeg på engen går...
QUELLE EST CETTE COMPLAINTE ?
D'OÙ VIENT-ELLE ?
C'EST... C'EST ELLE, JE LA RECONNAIS !
LA SORCIÈRE À QUEUE DE POISSON ET AUX CHEVEUX ROUGE SANG ! ELLE A EMPORTÉ MON COUSIN LE MOIS DERNIER EN L'ATTIRANT DE SA VOIX MALÉFIQUE !
N'APPROCHEZ SURTOUT PAS !
COUVREZ-VOUS LES OREILLES ! C'EST LA SEULE MANIÈRE DE NE PAS ÊTRE ENVOÛTÉ PAR SES SORTILÈGES !
ej stormen når til disse zoner...
den høres kun som orgeltoner...
ARRIÈRE, TOUT LE MONDE ! RECULEZ !
...jeg ved e slot, rileva vaeg og tag.

GILDWIN ?
TU PEUX SORTIR DE TA CACHETTE. C'EST MOI.
JE T'AI APPORTÉ DE QUOI TE NOURRIR...
GILDWIN... MANGER ?
PUISQUE JE TE LE D... ?!
ARGN !
BERK.

APPROCHE ELDIR, FIDÈLE SERVITEUR.
JE SUIS À JAMAIS VOTRE DÉVOUÉ, Ô SAEKONUNGAR.
J'AI À TE PARLER DE MA FILLE...
... BLODUGHADDA.
CELA FAIT PLUS D'UN CYCLE DE LUNE QUE JE NE L'AI VUE. SAIS-TU QUELQUE CHOSE À CE SUJET ?
NULLEMENT, MON SEIGNEUR. JE L'AI JUSTE APERÇUE FURTIVEMENT RÔDER PRÈS DU SANCTUAIRE DE RÂN À PLUSIEURS REPRISES.
C'EST FORT INHABITUEL. MÊME SES SŒURS M'ONT FAIT PART D'UN SOUDAIN CHANGEMENT DANS SON COMPORTEMENT.
ELLE QUI ÉTAIT LEUR PERPÉTUELLE PERSÉCUTRICE SEMBLE NE PLUS ÊTRE INTÉRESSÉE PAR SES FARCES HABITUELLES, À LEUR GRAND ÉTONNEMENT.
VOUS LUI AVEZ PEUT-ÊTRE FAIT ENTENDRE RAISON, SEIGNEUR.
J'EN DOUTE. ELLE DISPARAÎT PENDANT DES HEURES... CETTE AFFAIRE ME PRÉOCCUPE, ELDIR.
J'AIMERAIS QUE TU GARDES UN ŒIL SUR ELLE. JE VEUX SAVOIR CE QU'ELLE MANIGANCE HORS DU PALAIS ET CE QUI A PROVOQUÉ SON CHANGEMENT DE COMPORTEMENT.
VOS DÉSIRS SONT DES ORDRES, MAÎTRE.

NOUS DEVONS REDOUBLER DE PRUDENCE, MÈRE.
MON ABSENCE A ÉVEILLÉ LES SOUPÇONS D'AEGIR. IL NE FAUDRA PAS BIEN LONGTEMPS AVANT QUE CE SQUALE INFÂME D'ELDIR NE FOUINE DANS NOS AFFAIRES.
QU'ALLONS-NOUS FAIRE ?
CELA DEVIENT TROP DANGEREUX. LE TRITON N'A ENCORE MANIFESTÉ AUCUN SIGNE DE DON SURNATUREL. JE COMMENCE À CROIRE QUE JE ME SUIS TROMPÉE SUR SON COMPTE.
IL VA FALLOIR SE RÉSOUDRE À LE RENVOYER DANS LA CAVERNE, AVEC SES CONGÉNÈRES.
NON ! LAISSONS-LUI ENCORE UN PEU DE TEMPS. JE NE CRAINS PAS AEGIR ET JE POURRAI ME JOUER AISÉMENT D'ELDIR.
GILDWIN N'A PEUT-ÊTRE PAS ENCORE DÉVELOPPÉ DE POUVOIR, MAIS IL EST DOTÉ D'UNE SENSIBILITÉ ET D'UNE INTELLIGENCE SUPÉRIEURES À N'IMPORTE QUEL TRITON.
IL NE TIENDRAIT PAS UNE JOURNÉE SI ON LE RENVOIE PARMI SES ABOMINABLES FRÈRES. D'AILLEURS, TU L'AS DIT TOI-MÊME, ILS L'ONT PROBABLEMENT REJETÉ CAR ILS N'EN VOULAIENT PAS.
À TA GUISE. MAIS NE T'Y ATTACHE PAS TROP. TU SAIS QU'IL DEVRA REPARTIR LÀ OÙ VIVENT LES SIENS LORSQU'IL SERA CAPABLE DE SE DÉFENDRE, N'EST-CE PAS ?
JE... OUI, MÈRE.

BLODUGHADDA EMMENER GILDWIN LOIN DE MAISON...
ET ALORS ? NE DÉSIRES-TU PAS NAGER LIBREMENT, SANS CONTRAINTE, ET DÉCOUVRIR L'IMMENSITÉ DU ROYAUME DES MERS ?
CEUX DE TON ESPÈCE NE SORTENT JAMAIS DES TÉNÈBRES ABYSSALES DE LEUR CAVERNE, GILDWIN. JE T'OFFRE L'INACCESSIBLE, L'INTERDIT.
UNE ESCAPADE DANS LES EAUX MAJESTUEUSES ET GLACÉES DE SOGNEFJORD DONT TU TE RAPPELLERAS TOUTE TON EXISTENCE.
CAR QUI SAIT DE QUOI DEMAIN SERA FAIT...
MERCI BLODUGHADDA. GILDWIN, HEUREUX.
ASSEZ POUR NAGER JUSQU'À CETTE CASCADE PLUS VITE QUE MOI ?
BLODUGHADDA LANCER DÉFI ?
TU COMPRENDS VITE, GILDWIN.
MAIS TU PARLES TROP !

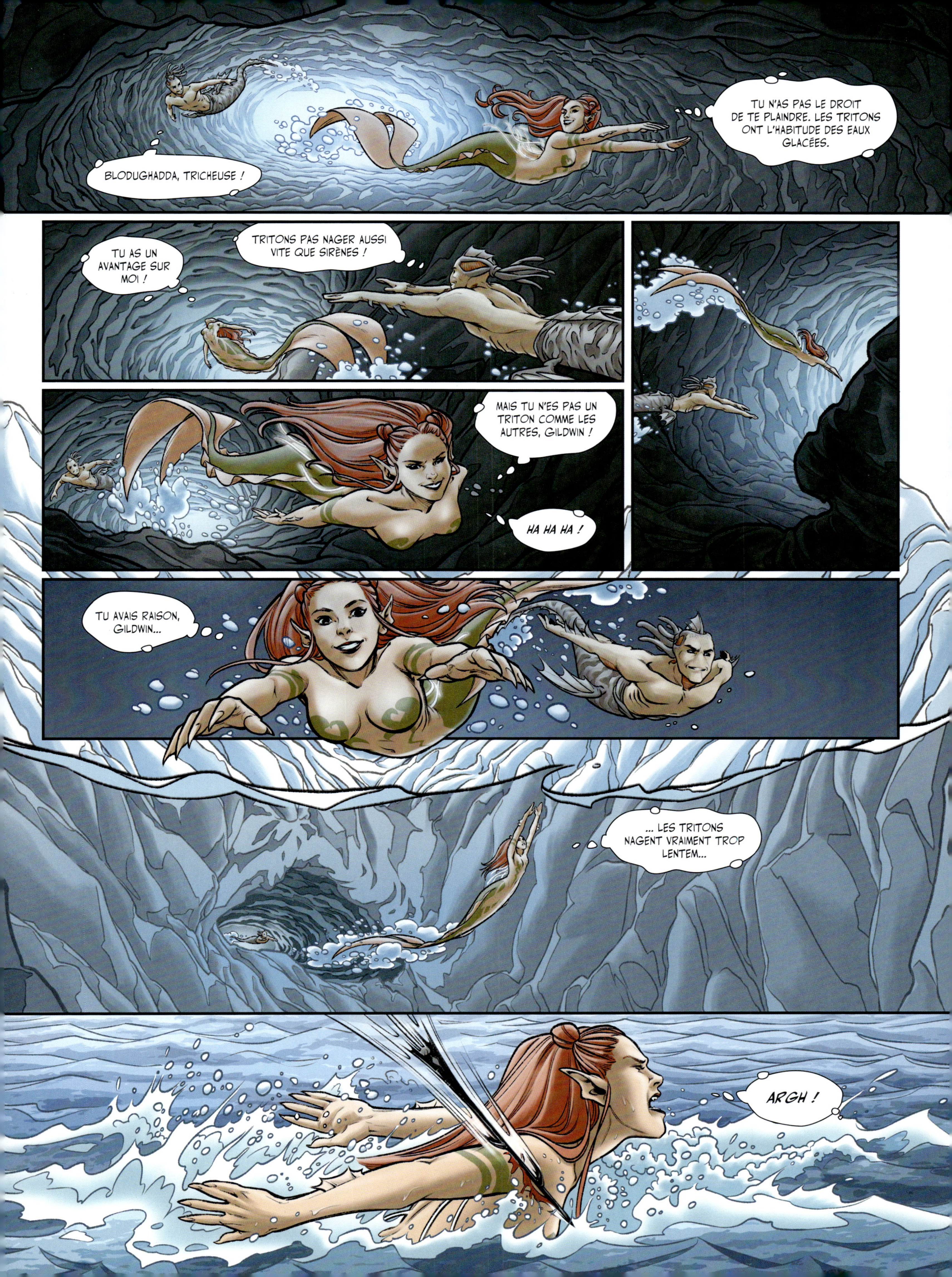
TU N'AS PAS LE DROIT DE TE PLAINDRE. LES TRITONS ONT L'HABITUDE DES EAUX GLACÉES.
BLODUGHADDA, TRICHEUSE !
TU AS UN AVANTAGE SUR MOI !
TRITONS PAS NAGER AUSSI VITE QUE SIRÈNES !
MAIS TU N'ES PAS UN TRITON COMME LES AUTRES, GILDWIN !
HA HA HA !
TU AVAIS RAISON, GILDWIN...
... LES TRITONS NAGENT VRAIMENT TROP LENTEM...
ARGH !

ON LA TIENT !
CESSE DONC DE GESTICULER, SALE MONSTRE !
TIRE PLUS FORT !
PAR ODIN, ELLE SE DÉBAT COMME UN DÉMON !
♪♪JEG VED ET SLOT, DETS VÆG OG TAG... ♪♪
ASSOMMEZ-LA !
♪ER GRØNNE BØLG...
SHTOK !
UHN !
SATANÉE DIABLESSE !
C'EST CORIACE, CES BESTIOLES !
FINISSONS-EN AU PLUS VITE. JE NE VEUX PRENDRE AUCUN RISQUE.
B-BLODUGHADDA...
... NON !

Q-QUEL EST CE MAL ?
MA... MA TÊTE VA ÉCLATER !
AOW !
OW...
DÍSIR, QUE... ?
QUE SE PASSE-T-IL ?
BLODUGHADDA ME REJOINDRE. VITE !

BLODUGHADDA SE METTRE À L'ABRI. GILDWIN SOIGNER BLESSURE. FAIRE CATAPLASME AVEC ALGUES.
C'EST JUSTE UNE ÉGRATIGNURE.
NORROIS ONT FAILLI TUER BLODUGHADDA. GILDWIN AURAIT ÉTÉ INCONSOLABLE.
LE NORROIS QUI AURA MA PEAU N'EST PAS ENCORE NÉ.
GILDWIN, JE... QUE S'EST-IL PASSÉ LÀ-BAS ? POURQUOI LES NORROIS SE SONT-ILS ENTRETUÉS SANS RAISON ?
GILDWIN L'IGNORE. TRÈS PEUR POUR BLODUGHADDA. PRIÉ POUR QU'ILS ARRÊTENT.
PRIÉ ?... QUE VEUX-TU DIRE ?
GILDWIN PAS SAVOIR. TOUT S'ÊTRE PASSÉ TRÈS VITE. MAIS SE SOUVIENT D'UN LANGAGE INCONNU QUI RÉSONNAIT DANS TÊTE.
EST-CE QUE ÇA T'EST DÉJÀ ARRIVÉ AUPARAVANT ?
GILDWIN PAS CERTAIN. POURQUOI ?
CES NORROIS N'ONT PAS PERDU L'ESPRIT SANS RAISON. ET ILS M'ONT ASSOMMÉE AVANT QUE J'AIE LE TEMPS D'INVOQUER UN SORT.
BLODUGHADDA PENSER QUE GILDWIN RESPONSABLE ? MAIS... COMMENT ?
TOUT CE QUE JE SAIS, C'EST QUE QUELQU'UN OU QUELQUE CHOSE LES A RENDUS FOUS.
IL EST POSSIBLE QUE TON DON SE SOIT MANIFESTÉ INSTINCTIVEMENT.

TU ES PROBABLEMENT ENCORE UN PEU JEUNE POUR LE CONTRÔLER, MAIS ON DIRAIT QUE LE POUVOIR DE LA RUNE *ANSUZ* S'EST ENFIN RÉVÉLÉ.
TU DOIS RÉESSAYER.
GILDWIN PAS VOULOIR QU'ON FASSE ENCORE MAL À BLODUGHADDA.
ANSUZ OU PAS, UNE CHOSE EST CERTAINE : TU N'ES PAS UN TRITON COMME LES AUTRES.
TON APPARITION A BOULEVERSÉ MON EXISTENCE SANS QUE JE M'Y ATTENDE. EN CE JOUR OÙ TU M'AS SAUVÉ LA VIE JE ME SENS PLUS PROCHE DE TOI QUE JE N'AURAIS PU L'IMAGINER.
TU ES...
AOW !... A-AMI ?
ASSURÉMENT, GILDWIN.
ET JE TE FAIS LE SERMENT SUR MON SANG QUE JAMAIS JE NE T'ABANDONNERAI.
À PARTIR DE CE JOUR, NOTRE AMITIÉ EST ÉTERNELLE...

OÙ TE CACHES-TU, SORCIÈRE AUX CHEVEUX DE SANG ?
LE ROYAUME DES MERS EST GRAND, MAIS JE FINIRAI BIEN PAR TE TROUVER.
DUSSÉ-JE DÉRACINER CHAQUE CORAIL ET SONDER CHAQUE TERRIER DE MURÈNES...
JE NE PEUX ME PRÉSENTER DEVANT LE *SAEKONUNGAR* SANS T'AVOIR DÉBUSQUÉE.

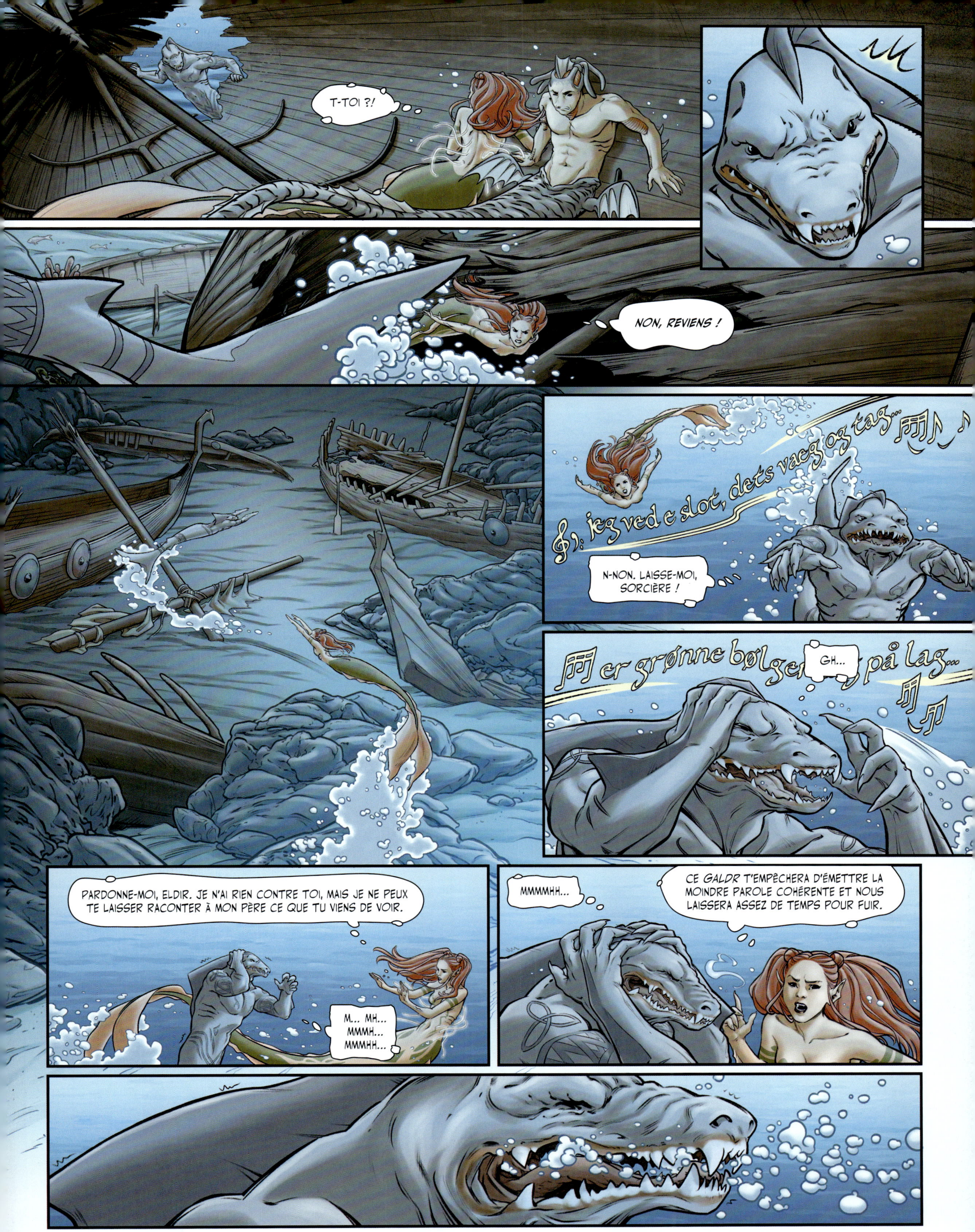
T-TOI ?!
NON, REVIENS !
jeg ved e slot, dets vaeg og tag...
N-NON. LAISSE-MOI, SORCIÈRE !
er grønne bølger... på lag...
GH...
PARDONNE-MOI, ELDIR. JE N'AI RIEN CONTRE TOI, MAIS JE NE PEUX TE LAISSER RACONTER À MON PÈRE CE QUE TU VIENS DE VOIR.
M... MH... MMMH... MMMHH...
MMMMHH...
CE GALDR T'EMPÊCHERA D'ÉMETTRE LA MOINDRE PAROLE COHÉRENTE ET NOUS LAISSERA ASSEZ DE TEMPS POUR FUIR.

NOUS NE POUVONS PAS RESTER ICI PLUS LONGTEMPS. J'AI BEAU AVOIR RÉDUIT ELDIR AU SILENCE, AEGIR FINIRA BIEN PAR COMPRENDRE QU'IL SE TRAME QUELQUE CHOSE.
GILDWIN ?
GILDWIN, NOUS DEVONS PARTIR AU PLUS V... ?!
GILDWIN ?
OUI, JE VOUS VOIS.
MÈRE ?...
OÙ ES-TU ?
J'ARRIVE.
GILDWIN !

REVIENS, GILDWIN ! OÙ VAS-TU ?
ARRÊTE ! TU ES FOU ?
SI AEGIR APPREND QU'UN TRITON NAGE HORS DE SA GROTTE, SA COLÈRE SERA TERRIBLE !
TA VIE EN DÉPEND. TU NE PEUX PAS...
BLODUGHADDA LAISSER GILDWIN REJOINDRE MÈRE.
MAIS... DE QUOI PARLES-TU ?
ELLE M'APPELLE, JE L'ENTENDS DANS TÊTE.
JE VOIR IMAGE. ELLE PRISONNIÈRE DANS GRANDE CAGE. MÈRE *HAVFRUE** COMME TOI. LONGUE QUEUE DE SERPENT.
UNE LONGUE... ? C'EST IMPOSSIBLE, GILDWIN. IL N'EXISTE PAS DE TELLE SIRÈNE PARMI LA LIGNÉE DE RÃN, DONT NOUS SOMMES TOUTES NÉES.
TU AS DÛ RÊVER, TOUT SIMPLEMENT.
SUIS-MOI À PRÉSENT. JE T'EN CONJURE.

*SIRÈNE

J'AI FAIT AU PLUS VITE, PÈRE. QUE SE PASSE-T-IL ?
UDR, MA FILLE... J'AI BESOIN DE TES DONS DE GUÉRISSEUSE.
VOIS, C'EST ELDIR. IL SEMBLE SOUFFRIR D'UN MAL ÉTRANGE. JE N'AI JAMAIS VU ÇA AUPARAVANT. IL N'ARRIVE PLUS À PARLER.
PEUT-ÊTRE A-T-IL ÉTÉ PIQUÉ PAR UNE MÉDUSE TROPICALE QUI SE SERAIT ÉGARÉE DANS NOS MERS ET L'AURAIT PARALYSÉ ?
MH, JE NE VOIS RIEN DE COMPARABLE À UNE PIQÛRE, PÈRE. ET TOUS SES ORGANES SEMBLENT EN PARFAIT ÉTAT.
JE NE PENSE PAS QUE L'ORIGINE DE CE MAL SOIT NATURELLE.
QUE VEUX-TU DIRE ?
QUE CELA RESSEMBLE DAVANTAGE À UN SORTILÈGE OU UN ENCHANTEMENT.
BLODUGHADDA...
PROBABLEMENT. CE N'EST PAS LA PREMIÈRE FOIS QU'ELLE SE SERT DE SES POUVOIRS POUR NUIRE PAR MALICE. MAIS CETTE FOIS, ELLE EST ALLÉE TROP LOIN, NE PENSES-TU PAS ?
MH... TU AS RAISON. IL EST GRAND TEMPS QUE JE SÉVISSE...

NOUS DEVONS PARTIR NOUS CACHER, GILDWIN. SI ELDIR NOUS A RETROUVÉS, MON PÈRE NE TARDERA PAS À FAIRE DE MÊME.
NAGEONS JUSQU'À SOGNEFJORD. AEGIR NE SONGERA PAS À VENIR NOUS Y CHERCHER, ET NOUS Y RESTERONS LE TEMPS DE TROUVER UNE SOLUTION POUR TE PROTÉGER.
MAIS... MÈRE BESOIN DE MOI. DEVOIR LA LIBÉRER DE CAGE.
SA VOIX CONTINUE D'APPELER MOI. PAS L'ABANDONNER.
ASSEZ, GILDWIN !
CE N'ÉTAIT QU'UN RÊVE, TU M'ENTENDS ?
TU M'ACCOMPAGNES AU GLACIER, DE GRÉ OU DE FORCE !
Jeg ved e slot, dets væg og tag...
...er grønne bølger lag på lag...

RETOURNE TE METTRE À L'ABRI DANS L'ÉPAVE, GILDWIN !
D-DANGER ?...
ARRIÈRE, MONSTRE TENTACULAIRE ! OU JE TE MÉTAMORPHOSE EN MINUSCULE MOLLUSQUE !
TU L'AURAS VOULU !
Jeg ved e slot, dets vaeg...
N'AS-TU PAS SUFFISAMMENT ABUSÉ DE TES SORTILÈGES, BLODUGHADDA ?
P-PÈRE ?
FORT BIEN, MA FILLE. À PRÉSENT, DIS-MOI...
... QUE FAIT CE MISÉRABLE TÊTARD HORS DE SA GROTTE ?!

ÊTES-VOUS DEVENUES COMPLÈTEMENT INCONSCIENTES, PAR LA BARBE DE NJÖRD ?
NOS LOIS SONT SACRÉES, VOUS LE SAVEZ MIEUX QUE QUICONQUE !
COMMENT AVEZ-VOUS PU LES DÉFIER ? ET À MON INSU !?
LES LOIS NE FONT ÉTAT QUE DES GÉNÉRALITÉS, MON ÉPOUX. ET CETTE SITUATION EST UNE EXCEPTION.
VOIS PAR TOI-MÊME...
JE N'AI QUE FAIRE DE TES PRÉSAGES, SORCIÈRE !
NULLE PROPHÉTIE NE MENTIONNE QU'UN QUELCONQUE TRITON MANIFESTE DES POUVOIRS. IL M'EN FAUT PLUS POUR JUSTIFIER LA DÉSOBÉISSANCE AUX LOIS SACRÉES !
MAIS JE SERAI CLÉMENT. EN RÉPONSE À CETTE IMPARDONNABLE TRAHISON, J'ORDONNE QUE L'ON RÉINTÈGRE LE TRITON DANS LA GROTTE AVEC LES SIENS, SUR-LE-CHAMP.
N... NON !
IL Y ATTENDRA QUE LES SIRÈNES LUI PRODIGUENT DE LA NOURRITURE EN ÉCHANGE DE SA SEMENCE, COMME TOUS CEUX DE SON ESPÈCE. CAR C'EST POUR CETTE UNIQUE RAISON QU'ILS Y SONT CONFINÉS DÈS LEUR NAISSANCE.
TEL EST LE RÔLE DES TRITONS, SANS EXCEPTION POSSIBLE, ET CE DEPUIS TOUJOURS.
PÈRE, JE VOUS EN SUPPLIE. NE FAITES PAS ÇA !

GILDWIN EST UN ÊTRE SUPÉRIEUR À SES CONGÉNÈRES, CROYEZ-MOI !
IL EST DOTÉ D'INTELLIGENCE ET DE SENSIBILITÉ.
COMMENT LES SIENS VONT-ILS L'ACCUEILLIR ?
ILS VONT CERTAINEMENT LE TUER !
IL NE PEUT ÊTRE RENVOYÉ DANS CETTE GROTTE, DONT IL A TRÈS PROBABLEMENT ÉTÉ CHASSÉ ALORS QU'IL N'ÉTAIT ENCORE QU'UN NOURRISSON, À CAUSE DE CETTE MARQUE.
TOUT AU LONG DE CES DERNIERS MOIS PASSÉS AVEC LUI, J'AI APPRIS CE QU'ÉTAIT L'AMITIÉ. ET ELLE EST DÉSORMAIS SCELLÉE PAR NOTRE SANG.
QUE... QUE DIS-TU ?
IL A ÉVEILLÉ EN MOI DES SENTIMENTS QUE JE PENSAIS NE JAMAIS RESSENTIR. JE NE SUIS PLUS CELLE QUE J'ÉTAIS, SA PRÉSENCE M'A TRANSFORMÉE.
VOUS L'AVEZ DIT VOUS-MÊME !
SILENCE !
UN MOT DE PLUS, ET JE TE FAIS ENFERMER DANS LE VENTRE DU JÖRMUNGAND POUR UNE DÉCENNIE !
ELDIR, EMMÈNE IMMÉDIATEMENT LE TRITON JUSQU'À LA GROTTE ET VEILLE À CE QU'IL Y DEMEURE À JAMAIS !
G... GILDWIN PLUS JAMAIS VOIR BLODUGHADDA ?
JE... JE SUIS DÉSOLÉE, GILDWIN. MAIS JE NE T'ABANDONNERAI PAS. RAPPELLE-TOI, NOUS AVONS MÊLÉ NOS SANGS.

CET ENDROIT EST TA MAISON, TRITON.
NE T'AVISE PLUS JAMAIS DE T'EN ÉCHAPPER, OU TU PÉRIRAS PAR MON TRIDENT, J'EN FAIS LE SERMENT !
SSHHHHAAAAA !
DÉÉÉMOOON...
DÉÉÉMOOON...
DÉÉÉMOOON...
DÉÉÉMOOON...
SSHHHHAAAAA !
SSHHHHAAAAA !

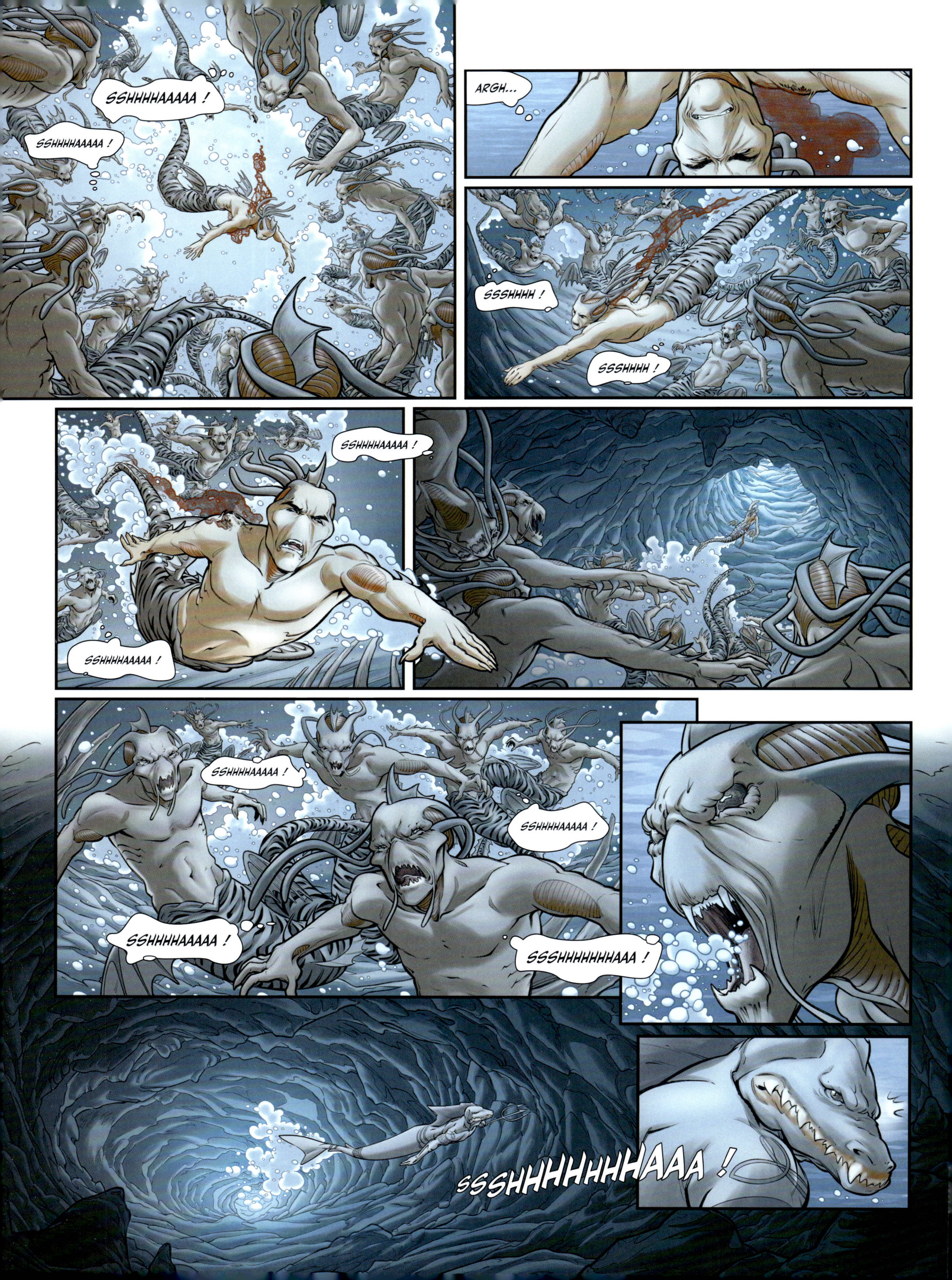
SSHHHHAAAAA !
SSHHHHAAAAA !
ARGH...
SSSHHHH !
SSSHHHH !
SSHHHHAAAAA !
SSHHHHAAAAA !
SSHHHHAAAAA !
SSHHHHAAAAA !
SSHHHHAAAAA !
SSSHHHHHHHHAAA !
SSSHHHHHHHHAAA !

MÈRE...
GILDWIN PAS T'ABANDONNER.
TOI BIENTÔT LIBRE...
... MÈRE.
... MÈRE.
... MÈRE.
... MÈRE.
... MÈRE.
G-GILDWIN ?
OÙ VAS-TU, MA FILLE ?
C'EST GILDWIN, MÈRE. JE... JE L'ENTENDS DANS MA TÊTE. DEPUIS QUE SON DON S'EST MANIFESTÉ, NOUS AVONS ÉTABLI UN LIEN... JE NE PEUX L'EXPLIQUER.
MAIS JE SAIS QU'IL A BESOIN DE MOI, ET JE REFUSE DE L'ABANDONNER !

MÈRE ?... TOI ?
NOUS VOISSSI ENFIN RÉUNIS, MON FILSSS...
J'AVAIS PRESSSQUE PERDU ESSSPOIR...
MÈRE DIRE À GILDWIN POURQUOI ÊTRE DANS CAGE ET GILDWIN TOUT SEUL ?
NOUS APPARTENONS À D'AUTRES MERS, MON FILSSS. LÀ OÙ LES EAUX SSSONT CHAUDES ET COULEUR DE L'ÉMERAUDE, ET OÙ JE SSSUIS CONNUE SOUS LE NOM D'EZEBELAMIRI.
CE SSSONT DES NORROIS QUI M'ONT CAPTURÉE ET JETÉE DANS CES FLOTS HOSSSTILES QUI FINIRONT PAR AVOIR RAISON DE MOI.
NORROIS CRUELS. GILDWIN SAVOIR...
C'EST VRAI. MAIS AVANT QU'ILS M'ABANDONNENT DANS CES ABYSSSSSES, JE ME SSSUIS ACCOUPLÉE AVEC L'UN D'ENTRE EUX, ET AI DONNÉ NAISSSSSSANCE À UN ŒUF UNIQUE.
G-GILDWIN ?
OUI... GILDWIN... MON PRINSSSE, MON SSSAUVEUR...
PUIS, FAISANT APPEL À MES DERNIÈRES FORSSSES, JE T'AI LANCÉ HORS DE LA CAGE DANS L'ESSSPOIR QUE TU ME LIBÈRES LORSSSQUE TU AURAIS ÉCLOS.
AUPARAVANT, JE T'AI ORNÉ D'UNE RUNE QUE J'AVAIS APERÇUE SSSUR LE NORROIS, DANS LE BUT DE TE FAIRE ACCCCCEPTER DES SSSIRÈNES DU NORD, MAIS C'ÉTAIT UNE ERREUR.

J'AI PASSÉ UNE ÉTERNITÉ À TENTER DE T'ATTIRER VERS MOI DE TOUTES MES FORSSSES DÉCLINANTES.
PLUS D'UNE FOIS, J'AI CRU MOURIR DANS SSSETTE PRISON SANS JAMAIS AVOIR LA CHANSSSE DE TE CONNAÎTRE.
À PRÉSENT, JE T'EN CONJURE, TU DOIS TROUVER UN MOYEN DE ME LIBÉRER...
LIBÉRER, OUI. MAIS COMMENT ?
PEUT-ÊTRE AVEC PIERRE, JE POUVOIR CASSER SERRURE.
ARRÊTE, GILDWIN !
BLODUGHADDA RETROUVER GILDWIN ?
OUI, GILDWIN. TOI ET MOI SOMMES DÉSORMAIS LIÉS PAR LE SANG, TU TE SOUVIENS ?
SI CETTE CRÉATURE EST VÉRITABLEMENT TA MÈRE, JE T'IMPLORE DE NE PAS LA LIBÉRER.
POUR... POURQUOI ?
C'EST UN DJINN MALÉFIQUE, UNE FEMME-SERPENT DES MERS DE L'ORIENT ET ENNEMIE MORTELLE DE MON ESPÈCE. LA LIBÉRER RISQUERAIT DE CONDUIRE À LA PERTE DE NOTRE LIGNÉE.
ELLE N'ÉPROUVE AUCUN AMOUR POUR TOI. ELLE T'A ENFANTÉ PARCE QUE C'ÉTAIT SON SEUL ESPOIR D'ÊTRE LIBÉRÉE.
TU N'ES QU'UN JOUET POUR ELLE. C'EST AINSI QUE SONT TOUS LES DJINNS.
SSSSSSSSSSSSS !

N'ÉCOUTE PAS SSSETTE CREVETTE MÉPRISABLE ! ELLE SSSE SSSERT DE SSSA VOIX POUR ENSSSORCELER SSSES VICTIMES.
JE SSSUIS TA MÈRE, JE T'AI CRÉÉ. TU ME DOIS OBÉISSSSANCE !
J-JE...
NON. BLODUGHADDA, ÊTRE COMME SŒUR. JAMAIS ENSORCELER GILDWIN. JE FAIRE CONFIANCE À ELLE.
PARDON, MÈRE. MAIS SI BLODUGHADDA DIRE QUE TOI FAIRE DU MAL, JE PAS POUVOIR AIDER.
RE... REVIENS ICI IMMÉDIATEMENT !
ARRH !
GILDWIN ?
SORCIÈRE, TOI MOURIR !!!
URK !
QUE SE PASSE-T-IL ?

ARH... GILDWIN, JE... JE T'EN PRIE... REPRENDS LE CONTRÔLE DE TON ESPRIT !
TU... TU EN ES CAPABLE, J'EN SUIS...
... CERTAINE !
SSSHHHHHAA !
ARRÊTE !
TU N'AS PAS À FAIRE ÇA, GILDWIN. CE N'EST PAS TOI !
JE SUIS TON... TON...
N... NON...
... AMIE... ERK !
ARGH !
GILDWIN !!!

GILDWIN, RÉVEILLE-TOI, JE T'EN SUPPLIE...
BIEN JOUÉ, ELDIR. ON NE S'EN PREND PAS IMPUNÉMENT À UNE FILLE DU SAEKONUNGAR.
IL... IL N'ÉTAIT PAS RESPONSABLE DE SES ACTES, PÈRE...
C'EST CE DJINN QUI A PÉNÉTRÉ SON ESPRIT GRÂCE À SES MALÉFICES, ET L'A SOUMIS À SA VOLONTÉ !
UN DJINN ?
QUE FAIS-TU DANS MON ROYAUME, PERFIDE SERPENT ?
RÉPONDS, JE TE L'ORDONNE !
TENTERAIS-TU DE T'INTRODUIRE DANS MA TÊTE, DJINN ?

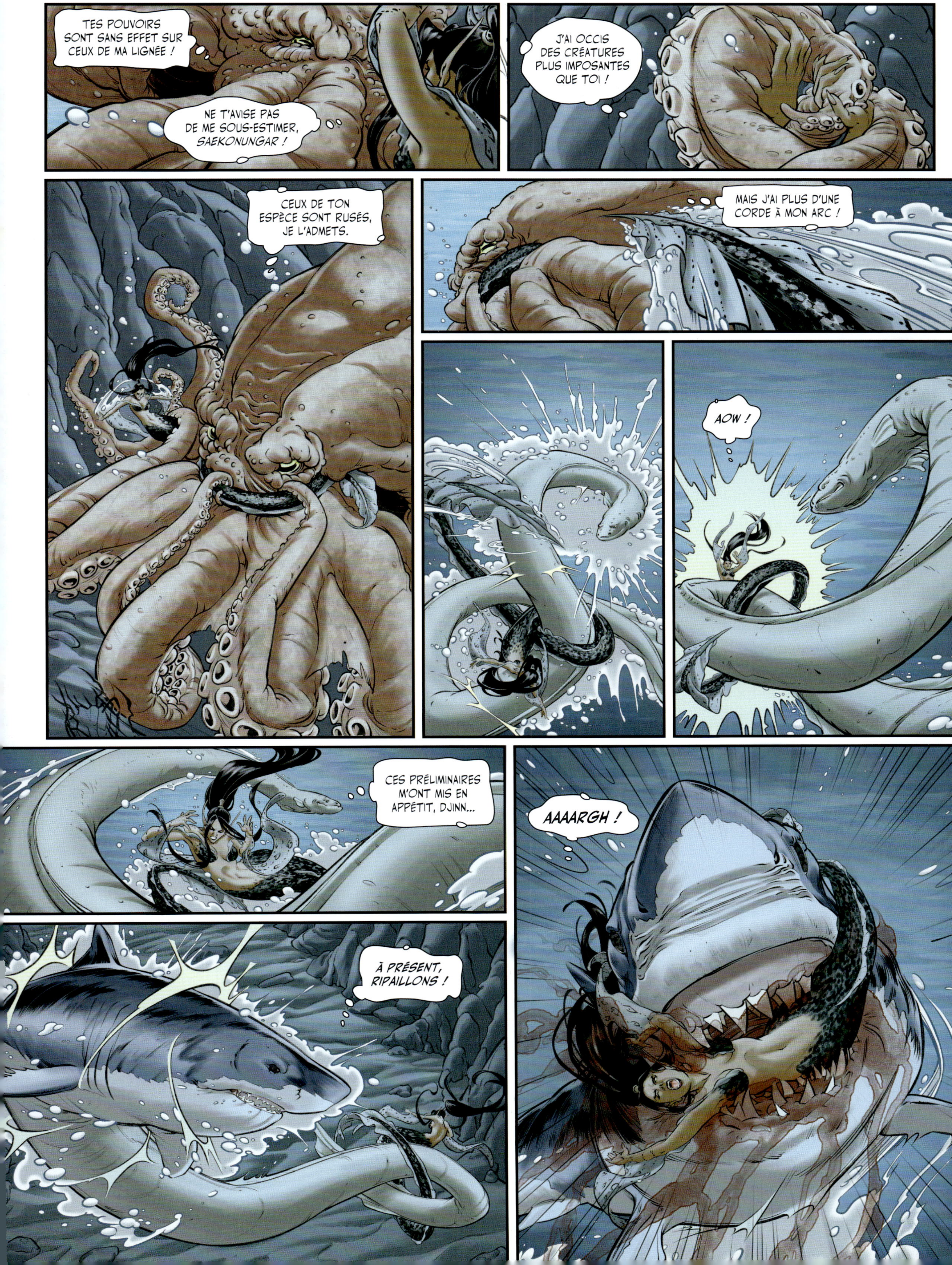
TES POUVOIRS SONT SANS EFFET SUR CEUX DE MA LIGNÉE !
NE T'AVISE PAS DE ME SOUS-ESTIMER, SAEKONUNGAR !
J'AI OCCIS DES CRÉATURES PLUS IMPOSANTES QUE TOI !
CEUX DE TON ESPÈCE SONT RUSÉS, JE L'ADMETS.
MAIS J'AI PLUS D'UNE CORDE À MON ARC !
AOW !
CES PRÉLIMINAIRES M'ONT MIS EN APPÉTIT, DJINN...
À PRÉSENT, RIPAILLONS !
AAAARGH !

JE SUIS DÉSOLÉ, MA FILLE.
UDR A FAIT TOUT CE QU'ELLE POUVAIT, MAIS LA BLESSURE EST TROP PROFONDE.
J'AI BIEN PEUR QUE GILDWIN NE SOIT SUR LE POINT DE TRAVERSER BIFRÖST VERS LE VALHALLA.
N-NON...
JE VOUS EN PRIE, MÈRE. IL... IL DOIT BIEN Y AVOIR UN MOYEN.
VOUS QUI PARLEZ AUX DÉFUNTS, NE POUVEZ-VOUS PAS LES INVOQUER POUR OBTENIR LEUR CLÉMENCE ?
CELA NE SE PASSE PAS COMME ÇA, MALHEUREUSEMENT.
EN REVANCHE, IL Y A PEUT-ÊTRE QUELQU'UN QUE NOUS POURRIONS CONSULTER.
DITES-MOI QUI, MÈRE. JE VOUS EN CONJURE. JE SUIS PRÊTE À TENTER L'IMPOSSIBLE POUR LE SAUVER !
CELLE POUR QUI AUCUN DES NEUF ROYAUMES D'YGGDRASIL N'A DE SECRET.
« LA VAGUE QUI SE REFLÈTE DANS LE CIEL »... TA SŒUR, HIMINGLAEVA.

QUE VOIS-TU, MA SŒUR ? PARLE, SANS DÉTOUR.
RENDRE LA VIE N'EST PAS CHOSE AISÉE, BLODUGHADDA. LES LIGNES DU DESTIN SONT IMMUABLES.
MAIS LES NORNES QUI LES DICTENT SE SONT ADRESSÉES À MOI AU TRAVERS DU MIROIR D'EAU DU SAVOIR.
ELLES ONT PARLÉ EN CONNAISSANCE DE TON POUVOIR.
IL EXISTE UN MOYEN DE SAUVER TON AMI TRITON. MAIS IL IMPLIQUE UNE EFFROYABLE PÉNITENCE...
... POUR TOI.
QUE... QUE VEUX-TU DIRE ?
LA COMPTINE DE RÉSURRECTION... CELLE QU'AUCUNE SIRÈNE MAGICIENNE NE DEVRAIT INVOQUER.
CAR ELLE VIDE DE SON POUVOIR QUI EN USE.
ET CONDAMNE À UNE VIE À LAQUELLE N'ASPIRE AUCUNE D'ENTRE NOUS.

MA FILLE, JE COMPRENDS TON TOURMENT. ET J'EN PORTE LE FARDEAU, CAR C'EST MOI QUI AI AMENÉ GILDWIN DANS TON EXISTENCE.
MAIS AS-TU BIEN CONSIDÉRÉ LE SACRIFICE QUE TU T'APPRÊTES À FAIRE ?
OUI, MÈRE. RIEN NE POURRA ME FAIRE CHANGER D'AVIS. JE LUI DOIS LA VIE.
♪♪ EG HEV VORI MEG UPP MED SKY... ♪♪
♪ OG NED-ATT MED HAVET SVARTE... ♪♪
♪ DEN SOM VIL MITT FOTSPOR FYLJE... ♪
♫ LÆR 'KJE AV BLIDOM HJARTA... ♪
BLODUGHADDA !

ELLE EST... PARTIE, GILDWIN.
NON, ELLE ENTENDRE MOI. COMMUNIQUER PAR PENSÉE.
BLODUGHADDA ?...
LÀ OÙ ELLE EST, ELLE NE PEUT T'ENTENDRE.
ELLE A SACRIFIÉ CE QU'ELLE AVAIT DE PLUS CHER POUR TE SAUVER.
NOOON !
JE REFUSE DE LE CROIRE. TOUT ÇA POUR UN TRITON ?
LE LIEN QUI LES UNISSAIT DÉPASSE TOUT ENTENDEMENT, MON ÉPOUX.
ELLE ÉTAIT PROMISE À DE GRANDES CHOSES ET AURAIT PU TANT APPORTER À NOTRE PEUPLE.
AUJOURD'HUI, JE PLEURE LA PERTE DE MA FILLE PRÉFÉRÉE, MAIS JE NE PEUX RÉVOQUER SA DÉCISION.
CAR QUOI QU'IL ADVIENNE, LES LOIS DOIVENT ÊTRE RESPECTÉES, AUSSI DOULOUREUSES SOIENT-ELLES À HONORER.
HHHHHH !
MA FILLE EST DONC DÉSORMAIS... HUMAINE.
J'ESPÈRE QUE CETTE DÉCHÉANCE EN VALAIT LA PEINE.

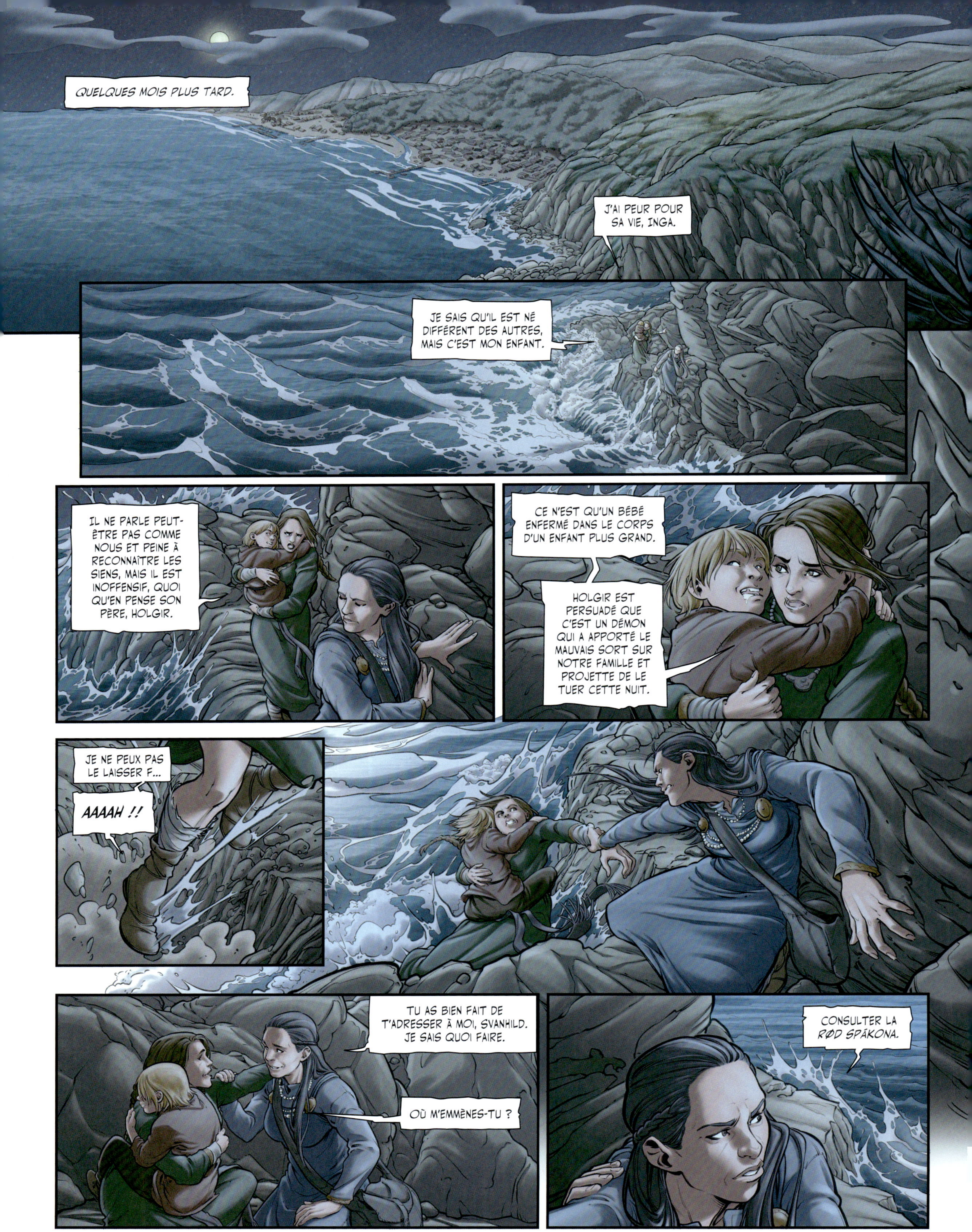
QUELQUES MOIS PLUS TARD.
J'AI PEUR POUR SA VIE, INGA.
JE SAIS QU'IL EST NÉ DIFFÉRENT DES AUTRES, MAIS C'EST MON ENFANT.
IL NE PARLE PEUT-ÊTRE PAS COMME NOUS ET PEINE À RECONNAÎTRE LES SIENS, MAIS IL EST INOFFENSIF, QUOI QU'EN PENSE SON PÈRE, HOLGIR.
CE N'EST QU'UN BÉBÉ ENFERMÉ DANS LE CORPS D'UN ENFANT PLUS GRAND.
HOLGIR EST PERSUADÉ QUE C'EST UN DÉMON QUI A APPORTÉ LE MAUVAIS SORT SUR NOTRE FAMILLE ET PROJETTE DE LE TUER CETTE NUIT.
JE NE PEUX PAS LE LAISSER F...
AAAAH !!
TU AS BIEN FAIT DE T'ADRESSER À MOI, SVANHILD. JE SAIS QUOI FAIRE.
OÙ M'EMMÈNES-TU ?
CONSULTER LA RØD SPÅKONA.

ON LA NOMME AINSI À CAUSE DE SES CHEVEUX ÉCARLATES, MÊLÉS D'ALGUES QUI DESCENDENT SUR SON CORPS.
CERTAINS PENSENT QUE C'EST UNE CRÉATURE D'ENTRE DEUX MONDES, MI-HUMAINE, MI-AQUATIQUE. C'EST POURQUOI ELLE VIT À L'ÉCART...
... DANS L'ÉPAVE DE CET *ESCHEI*. ON IGNORE COMMENT, MAIS IL EST APPARU DU JOUR AU LENDEMAIN AU PIED DE CETTE FALAISE.
SPÅKONA ?
NOUS VENONS SOLLICITER TON AIDE. CET ENFANT EST FRAPPÉ D'UN MAL INCONNU DEPUIS SA NAISSANCE.
PEUX-TU LE SAUVER ?...
HHHHHHH... AVEZ-VOUS... APPORTÉ... HHH... NOURRITURE ?
JE... OUI, DES FRUITS DU VERGER ET DE L'AVOINE, SELON VOS DÉSIRS.
SA TAILLE EST CELLE D'UN ENFANT DE HUIT ANS, MAIS SON ESPRIT...
♪ JEG VED ET SLOT, DETS VÆG... ♫
♪ ER GRØNNE BØLGER LAG PÅ LAG... ♪

HAHAHAHA ! ATTRAPE-MOI, MAMAN !
TU... TU COURS TROP VITE, SIGFRED ! HAHAHAHAHAHA !
PAR FRIGG, C'EST... C'EST UN MIRAC...
PLOUTCH
CE BRUIT, ON AURAIT DIT QUELQU'UN QUI EST TOMBÉ DANS L'EAU. IL FAUT ALLER VOIR, C'EST PEUT-ÊTRE LA SPÃ...
NON, NE FAIS PAS ÇA !
LA LUNE EST PLEINE, CE SOIR.
JE... JE NE COMPRENDS PAS.
ON RACONTE QUE LORS DES NUITS DE PLEINE LUNE, LA SPÃKONA SE BAIGNE DANS LA MER.
LES RARES D'ENTRE NOUS QUI EN ONT ÉTÉ TÉMOINS DISENT AVOIR APERÇU UN ÉTRANGE ANIMAL VENU DU FOND DE L'OCÉAN...
... POUR DANSER À SES CÔTÉS.
FIN.

DROFN
AEGIR
BLODUGHADDA
BYLGJA
DUFA
HEFRING